KB170578

발로티
코노미스트

발룬티
코노미스트

한익종 글·그림

제주 해녀의
푸르른 삶을 그리다

여성경제신문

초대의 글

20여 년 전 어느 날, 제주의 작은 어촌마을에서 이 이야기는 시작됩니다. 막 물질을 마치고 나온, 바닷바람에 새까맣게 그을리고 세월의 흔적이 얼굴에 가득한 채 망사리의 무게를 견디지 못하는 듯 구부정한 허리에 갈지 자의 걸음을 하는 늙은 해녀가 저를 유혹합니다. 왜 그리 가슴 짠하게 아름다운지요.

그날 이후 해녀와의 짝사랑이 시작되었습니다. 시간은 다시 5년이 지나, 제가 흔히 인생 2막이라고 말하는 직장 생활을 마무리하면서 본격적으로 해녀와 연인관계로 발전하게 됩니다.

저는 인생을 각본 없는 연극 3막이라고 표현합니다. 니체가 은유적으로 표현한 삶의 세 유형을 접목한 겁니다.

인생 1막은 시키면 시키는 대로 살아야 하는 낙타와 같은 삶, 바로 학창 생활로 대변되는 청소년기지요.

인생 2막은 처절한 삶의 현장에 내몰려 피 터지게 경쟁해야 하는 사자와 같은 삶, 바로 직장 생활이지요.

그러면 은퇴 후는 어떤 삶이어야 할까요? 어린아이와 같이 순수한 모습으로 욕심을 내려놓고 함께 즐기는 삶, 그런 삶이 돼야 하지 않을까요? 이것이 바로 인생 3막의 참모습입니다.

짝사랑하던 제주 해녀와 본격적인 인연을 맺기 시작한 것은 해녀들의 삶을 제 인생 3막 멘토로 삼으면서입니다. 그렇게 인연을 맺은 제주 해녀는 육지 생활을 하면서도 그 모습만이라도 곁에 두고 싶어 나무젓가락으로 해녀 그림을 그리기 시작하게 됩니다.

혹자는 그러더군요. 왜 해녀를 나무젓가락을 부러뜨려 골판지에다 그리느냐고요.

조금 심오한 뜻이 있었습니다. 남루한 생활, 죽음을 무릅써야만 하는 물질, 세상이 업수이 여기고 보잘것없이 대접받던 해녀의 삶이 유네스코 인류문화유산으로 꽃 피게 된 오늘을 보게 된 것이죠. 그런 삶을 잘 묘사할 수 있는 방법이 버려지는 것들로 그려 보는 것이었습니다.

일종의 업사이클링입니다.

인생 후반부의 삶, 그 또한 업사이클링으로 새롭게 태어나야만 합니다. 욕심을 내려놓고 새로운 인생을 살아가야 할 때입니다.

제주 해녀의 삶을 부러뜨린 나무젓가락에 먹을 묻혀 골판지에 그리는 행위는 욕심을 내려놓고 인간과 자연을 생각하며 '함께'하는 삶을 추구하기 위한 방편이기도 했습니다.

함께하는 삶이란 바로 제가 만든 신조어, 봉사와 경제활동이 어우러진 '발룬티코노미스트 적' 삶입니다. 인생 전반부가 사자와 같은 투쟁적 삶을 통해 돈, 명예, 지위, 권력을 추구했다면, 인생 후반부는 자아실현과 사회적 기여를 통한 자존감의 유지를 추구해야 한다는 결론에 도달하게 됐습니다.

데이비드 브룩스David Brooks가 표현한 두 번째 산으로 오르는 일이지요. 그런 삶의 지혜를 제주 해녀들에게서 얻게 된 것입니다.

저에게는 다른 이들 앞에 서는 강의나 신문 칼럼을 쓰기 전 다짐하곤 하는 세 가지 원칙이 있습니다. 고 정주영 현대그룹 회장께서 늘 물으신 "해봤어?", "네 해봤습니다." 또 하나는 적들로부터도 존경을 받았던 롬멜Erwin Rommel의 평전 제목 《나는 책상 위 전략을 절대로 믿지 않는다》입니다. 세 번째는 김구 선생이 휘호로 쓰신, 앞서가는 사람들의 자세를 강조한 《야설》입니다.

이 세 가지의 공통점은 남 앞에 서기 위해서는 허황된 언행으로 다른 이들을 어지럽게 하지 말라는 교훈을 담고 있다는 점입니다.

이 책은 칠성판을 짊어지고 저승에서 벌어 이승에서 쓰기 위한 물질을 통해 개인의 이익보다 더 큰 가치, 가족과 이웃과 국가에 기여하는 삶을 살아가는 제주 해녀에게서 배우고 느낀 점, 그리고 저의 세 가지 자세를 바탕으로 쓰여졌습니다.

여러분을 삶의 성찬에 초대합니다.
끝으로 이 책을 발간하게 도와주신 제주 해녀, 삼성화재, 법무법인 도원, 그리고 막무가내로 제주로 오는 남편을 믿고 함께해준 아내에게 감사드립니다.

2024년 봄, 제주에서 한익종

차례

2부
나누기

꽃이
된
해녀

이웃 동네 해녀 할망은
꽃이 되었습니다.

몹시 바람 거센 어느 날,
홀로 물질을 나섰다 변을 당한 게지요.

그녀를 기리며
그곳 바닷가에서 주워 모은 것들로
작품 한 점을 만들었습니다.
꽃이 된 해녀입니다.

저승에서 벌어 이승에서 쓰는,
자신뿐만 아니라 이웃과 사회와
국가를 위한 제주 해녀의 '물질'은
유네스코 인류문화유산으로
활짝 꽃 피었습니다.

1부

내
려
놓
기

나는 야, 발룬티코노미스트

인생 3막,
지나온 날을 뒤돌아보니
함께할 때가 가장 행복했던 것 같습니다.

나 혼자만을 위해 투쟁하고, 경쟁하며
사자와 같은 삶을 살며 쟁취한 것들이
덧없음을 깨닫게 됩니다.

인생은 흔히들 장거리 경주라 합니다.
멀리, 오래 가려면 함께 가라는
마사이 속담이 그를 말합니다.

함께 가는 인생길.
발룬티코노미스트의 삶이 답이더군요.

남들은 나보고
이젠 그만 쉬라고 한다.

모르는 소리.
내가 물질을 그만두는 날이
세상 떠나는 날인 것임을.
물질할 때가 제일 행복하다우.

쇼펜하우어, 당신은 틀렸습니다

인간은 자신의 이익을 위해서는

지구가 멸망한다 해도 눈 하나 깜빡하지 않는다고

당신은 말했지요.

당신이 틀렸습니다.

지구의 멸망을 걱정하는 유일한 동물이 인간이니까요.

지구의 멸망을 막기 위해서

오늘도 구십 퍼센트에 달하는 선한 인간들이 노력하고 있습니다.

지구의 멸망을 막기 위해 노력하는 우리가 선택할 방법은

봉사와 기여와 공헌이라는 숭고한 단어를

자주 사용하며 '함께'라는 배에 오르는 일입니다.

홀로 나선 물질에

이웃 마을 해녀 할망이 저승으로 떠났단다.

구쟁기 혼자 가지려고 했을까?

아니면 해녀 수당 받으려고 날 수를 채우려고 했을까?

여든이 넘은 늙은 해녀 할망이······.

물질은 절대 욕심부려서는 안 된다.

욕심 내려놓기 I

채워도 채워도 차지 않는 우물,

퍼내도 퍼내도 마르지 않는 우물이 있습니다.

어느 우물을 택하시렵니까.

두레박은 '욕심'입니다.

아무리 큰 전복이 있어도

들숨 들이킬 때까지 있으면 안 된다.

물속 들숨은 곧 죽음이니까.

나라고 왜 욕심이 없겠어.

그러나 물속 욕심은 마지막이 된다는 걸

해녀들은 알고 있다.

욕심 내려놓기 Ⅱ

진짜 부자와 가짜 부자가 있습니다.

《이솝 우화》에 나오는 이야기입니다.

우리 주위에는 가짜 부자가 얼마나 많은지······.

쌓아 놓고 쓰지도 못하는 부자.

쓸 데는 안 쓰고 안 쓸 데는 쓰는 부자.

아무리 많이 가지고 있어도 더 벌려고 애쓰는 부자.

후손에게 재산을 많이 물려주는 것을 부모로서의

최고 덕으로 여기는 부자······.

존 스튜어트 밀John Stuart Mill은

'배부른 돼지가 되느니 배고픈 소크라테스가 되겠다'라고 했습니다.

배부른 소크라테스는 어떻습니까?

욕심 부리지 않게 벌어 제대로 쓰는 부자 말입니다.

내 비록 지금은 똥군이지만

나도 한때는 육지까지 원정 가는 상군이었지.

내가 상군일 때 꼬맹이가 지금은 상군이 되어

저 멀리, 더 깊이 물질을 한다.

조심하라고 해도 자기가 상군이라고

내 말도 안 듣네?

* 똥군 : 물질을 잘 못하는 해녀   * 상군 : 물질을 제일 잘하는 해녀

내 생각만 강요하는 건 또 다른 욕심 부리기입니다.
나이가 들어가며 자주 사용하는 말이
'요즘 젊은이들은 버릇이 없어'입니다.

그런데 2,000여 년 전 번성했던
폼페이의 벽에는 이런 낙서가 있었습니다.
오늘 우리가 자주 사용하는
'요즘 젊은 것들은 버릇이 없다'입니다.

당연히 버릇이 없어 보일 수밖에요.
자기 기준, 어른의 기준에 의해 재단하니 그렇게 보이는 겁니다.
걱정하지 마세요.
그들은 그들의 버릇에 맞게 행동하는 겁니다.
젊은이들도 나이가 들면
그 후손들에게 똑같이 한탄할 겁니다.

상대편에게 자신의 관점을 강요하는 것,
그것 또한 욕심입니다.

물질 수확이 예전 같지 않다.

바다가 많이 썩었단다.

그래서인지 잡을 것들도 많이 사라졌다.

예전에는 구쟁기도, 전복도

큼직한 게 많았었는데…….

그래도 속상하진 않다.

이만큼이라도 잡을 수 있다는 게

얼마나 다행이냐.

* 구쟁기 : 뿔소라

'더 높이, 더 멀리, 더 빠르게.'

올림픽 경기 슬로건입니다.

이 슬로건 덕분에 스포츠는 눈부신 발전을 이루었지요.

'더 편하게, 더 화려하게, 더 많이.'

이건 오늘날 현대인이 추구하는 가치지요.

그런데 이 슬로건이 인류의 발전은커녕

인류를 위협하는 요인이 되었습니다.

과욕으로 인한 개인의 피폐는 물론이고

자원고갈, 환경파괴, 생물다양성 파괴, 지구 멸망.

부메랑이 되어 돌아옵니다.

환경파괴로 인한 지구 멸망 시계, 백 초 전.

욕심, 조금씩이라도 내려놔야 합니다.

오늘 물질은 조금 다른 물질이다.

바다 쓰레기 청소 날이거든.

왜들 그렇게 많이 버리는지……,

치워도 치워도 끝이 없는 쓰레기들.

바다 것들이 이런 것들을 먹는다지?

우리도 이걸 먹다니…….

떠날 때를 생각하세요

등산 사고의 대부분은 산을 잘 아는 사람이 당하는 경우가 많습니다.
오래전 국립공원에서 우리나라 산악 사고의 3대 유형을 밝힌 바가
그를 증명합니다.
북한산, 휴일 오후, 오육십 대 남자.
공통점이 있습니다. 자만으로 가득 찬 고양이 심리의 결과입니다.
'나는 괜찮다는, 나는 아니다'라는…….

때를 알아야 합니다.
내려올 때를 알아야 합니다.
내려올 때를 놓치면 사고를 당하거나 남의 의지에 의해
끌려내려 올 수밖에 없습니다.
잘 나가던 정치가와 끝까지 부와 지위를 누릴 것 같던
경제계 인사들이 불명예스럽게 물러나는 사례를 우리는 익히 압니다.

그런데 그런 사례가 계속 반복됩니다.
'나는 아니다'라는 고양이 심리 때문이지요.

스스로 내려놓을 줄 아는 지혜.
스스로 내려올 줄 아는 덕이 필요합니다.

이제 물질을 그만둘 때가 됐다.

잡을 것도 별로지만 몸이 말을 안 듣는다.

머리는 깨질 듯이 아프고,

물질을 나오면 허리가 끊어질 듯 아프다.

소소찮게 나오는 해녀 수당이 아쉽기는 하지만

더 이상 물질은 죽음을 자초하는 일이다.

마지막 물질.

수확은 가벼워도 지난날 이룬 걸 생각하면

마음만큼은 풍성하다.

* 칠성판 : 옛날 관 아래 깔았던 목판

'절대 진리'를 잊지 마세요

모태신앙을 가지고 있는 나도

천벌을 받을 각오로 신의 존재를 의심할 때가 있습니다.

과연 신은 있을까?

그러나 두 가지만큼은 절대 진리로 여깁니다.

인간을 포함한 삼라만상은 소멸한다는 것과

이 세상에 공짜는 없다는 점입니다.

이 두 가지 외에는 절대 진리는 없다고 봅니다.

그걸 추구하고 그런 것이 있다고 믿으려고 기를 쓰는 것뿐이지요.

사람은 누구나 죽고,

아무것도 가지고 갈 수 없고,

아무것도 소유할 수 없는데

왜 그것에 매달릴까요?

욕심을 내려놓고 함께 하고자 하면

이 절대 진리를 이해하게 됩니다.

그러면 놀랍게도 나를 괴롭히던 온갖 욕심이 스스로 도망갑니다.

욕심이 도망간 자리에는 행복감이 가득 채워지더군요.

아…… 님은 갔습니다.

엊그제까지만 해도 자신이 아직도 상군인 양
물질하는 법, 파도 헤치는 법, 자식 키우는 법을
가르치시던 해녀 할망이 꽃이 됐다.
님들이 하나 둘 떠나간다.
해녀 문화가 유네스코 인류문화유산으로 꽃을 피웠는데
점점 줄어드는 해녀.
아이러니다.
딜레마에 빠졌다.

휴먼 노마드

인간은 바가본드라고 합니다.
나는 휴먼 노마드라고 합니다.
끊임없이 이주하고 이전하는 인간.

수시로 떠나는 유목민에게 짐은 곧 장애입니다.
유목민의 짐은 그래서 단출합니다.
이주하는 인간에게 너무 많은 짐은
거추장스러울뿐더러 자칫 생명까지도 위협하게 되지요.

욕심은 필연적으로 많은 걸 소유하게 됩니다.
많은 건 도움이 안 돼지요(물론 어느 정도는 있어야 하지만).
봉사의 시작은 욕심 내려놓기입니다.
봉사는 욕심을 내려놓게 하고 내려놓은 욕심의 자리에는
자신에 대한 만족과 사랑이 자리 잡게 됩니다.

인생 후반부의 삶을
이웃에게 봉사하고 함께 가는 길로
들어서게 하라고 강조하는 이유입니다.

해녀 작업장을 정리했다.

태왁이며 물갈퀴며 망사리도 정리했다.

해녀의 집 정리는 곧 물질을 멈춘다는 얘기다.

다 헤진 오리발이 안쓰럽다.

그동안 고생했다.

너도 이젠 쉬거라.

나도 이젠 쉬어야겠다.

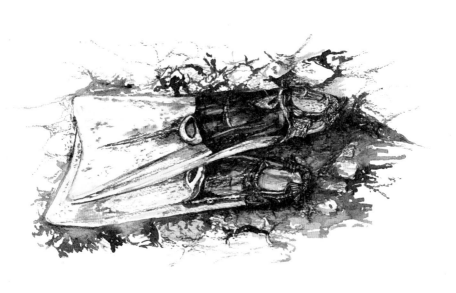

* 태왁 : 물에서 몸을 뜨게 하는 부이 * 망사리 : 해녀들이 물질을 한 해산물을 담는 그물망

자존심과 자존감

자존심과 자존감은 비슷한 듯하지만 사뭇 다릅니다.

우리는 흔히 자존심이 상한다며 괴로워합니다.

자존심은 자기가 만드는 가상의 이미지입니다.

자존감과는 다르지요.

자존감은 스스로 쌓아 가는 감정입니다.

자존심이 타인의 평가를 전제로 한다면

자존감은 스스로 느끼는 감정입니다.

나이가 들어가면서 줄어드는 것은 엄밀히 얘기하면 자존감이지요.

인생 후반부 자신의 삶을 위협하는 요인들은 많지만

가장 심각한 위해 요인은 자존감의 상실입니다.

사회적으로 역할이 없어졌다는,

찾아오는 사람이 없어진다는 데서 오는 자존감의 상실.

모건 프리먼Mogan Freeman이 배경이 된 영화 포스터 한 장의 글귀가

자존감을 생각케 합니다.

'Don't be afraid to lose people. Be afraid of losing yourself
by trying to please everyone round you(주위 사람을 잃는다는 걸
두려워하지 마라. 정작 두려워할 것은 주위에 있는 모든 이들의 비위를 맞추려고
애쓰며 자신을 잃는 것이다.).'

오래전에는 물질 나갈 때 외간 남자를 만나면
재수가 없다며 물질을 포기했었다.
사실은 조금 창피하기도 해서다.
유네스코 인류문화유산에 등재된 이후엔
물질을 나가는 내 모습이 자랑스럽다.
이젠 육지 사람들이 와도 반가이 손을 흔든다.

동정하지 마세요

우쭐한 감정으로 동정하지 마십시오.
그런 동정은 오히려 상대편을 상처 입게 합니다.

상대적 우월감을 갖고 행하는 동정은
위선이자 가식입니다.

동정은 상대편에게 도움이 될 수도 있지만
우월감으로 포장된 동정은 대부분 상대의 마음을 상하게 해
상대를 좌절케 하는 경우가 많습니다.

동정을 표하기보다 직접 행동하십시오.

눈깔이 망가졌다고 하니
병원에 가보라고 한다.
물안경이 망가졌다는데
왜 병원엘 가라고 할까?
그래도 걱정해주는 아들이 있어 좋다.

* 눈깔 : 물안경을 일컫는 제주 속어

답게 산다는 것

어른과 어린이가 있죠.

그런데 '어른이'라는 말이 생겼습니다.

어른이 어른답지 못하고 어리게(어리석게) 사는 성인들을

어른이라고 합니다.

나이로 어른이 됐으면 어른답게 사세요.

사실 '~답게' 산다는 것처럼 어려운 일도 없습니다.

답게 산다는 것은 힘든 일입니다.

가장 힘든 것은 자신의 욕심을 내려놓는 일이지요.

욕심을 내려놓으면 어른이 됩니다.

힘들지만 어른답게 살기 위한 '욕심 내려놓기'.

버리는 것보다는 내려놓는 게 쉬우니

어른답게 사는 게 힘든 일만은 아닙니다.

뭍으로 나간 자식이

사는 게 힘들다고 합니다.

힘든 게 사는 거란다.

지 에미는 평생 죽음을 무릅쓰고

물질하며 살았는데,

불평 한마디 없이.

욕심을 부리니까 더 힘든 것이지.

인생이 다 힘든 거란다.

힘들지 않으면 그건 죽은 거지.

생각하기 나름이지요

오래전 직장 생활을 할 때 들었던
직장 상사의 푸념 소리 좀 들려드립니다.
"난 경영에는 자신이 있는데
와인과 골프, 그리고 자식 문제엔 영 젬병이야."

그러려니 하면 되는데
그걸 남과 경쟁하고 남에게 과시하고자 하는
못된 생각이 드니 힘들어지는 겁니다.

아직도 남하고 경쟁해서 이겨야 할 나이인가요?
그 생각을 계속 가지고 산다면 앞날은 뻔합니다.
염병 소리 내며 살 거니까요.

생각하기 나름입니다.

반대라서 좋기도,

반대라서 나쁘기도 하다.

바당색은 파란색, 내 해녀복은 주황색.

눈에 확 띄어 위험에서 구할 수 있으니

반대라서 좋다.

바당은 날이 갈수록 비어가고

내 마음엔 근심만 늘어가고

반대라서 나쁘다.

그러고 보면 좋고 나쁨도 다 생각하기 나름이다.

* 바당 : 바다를 의미하는 해녀 표현

돈의 노예로 사실래요?

외국계 회사에 다니는 어느 여성이
제주의 나를 찾아왔습니다.
떠나면서 하는 말이
"선생님은 가진 것이 없어도 큰 부자 같아요."

저는 진짜 부자입니다.
돈의 노예에서 벗어나니 진짜 부자가 된 것 같습니다.

상대적인 부자는 진짜 부자가 아닙니다.
남과 비교하면서 더 벌기 위해 몸부림치는 부자는 부자가 아닙니다.
덜어내면 다시 차는, 마른 웅덩이에 물이 고이는
이치를 깨달은 사람이 진짜 부자입니다.

'마음이 가난한 자는 복이 있나니.'
《성경》에서 말합니다.
마음이 가난하다는 것은
부에 대한 욕심이 없다는 것을 의미합니다.

말 못 하는 딸아이가 많이 아프다.

아픈 몸을 이끌고 에미 도우러 나온 딸 때문에

내 마음이 더욱 아프다.

옛날엔 병원도 약국도 귀했지만

많이 아프지 않았던 것 같은데

지금은 더 많이 아파들 한다.

사람들이 병을 자꾸 만드나 보다.

바라지 마세요

'바람은 죄가 될 테니까…….'
〈10월의 어느 멋진 날에〉의 가사입니다.
맞습니다. 바라지 마십시오.

바라는 대로 되는 건 없습니다.
욕심은 끝이 없으니까요.
더, 더, 더를 외치다 보니 결국은 사단이 납니다.
바라는 것이 안 되면 원망이 생기고
원망이 깊어지면 파국을 낳습니다.
더군다나 더, 더 바라는 것은 죄악을 잉태하기까지 하지요.

우리는 오늘도 더, 더, 더를 외치고 있습니다.
뜻 모를 나락을 향해.
창밖에 앉은 바람 한 점에도 사랑은 가득한걸.
널 만난 세상 더는 소원 없어. 바람은 죄가 될 테니까.
이보다 아름다운 노래가 있을까요?

이보다 주옥같은 시가 있을까요.
내가 현재 있는 주위의 모든 것을 사랑하십시오.
바라지 말고 주는 마음으로.

망사리가 가볍다.

잡은 게 별로 없다.

내 물질 실력도 물질거리도 줄어들었다.

내일이면 좀 나아지려나?

함께, 더 오래 가는 삶

오래 살고 싶어들 합니다.

그러나 그 삶이 병마와 고통,

그리고 어려움으로 가득한 삶이라면 어떻겠습니까?

만일 이 책을 읽는 당신이 경쟁과 투쟁으로 점철된

인생 2막인 직장 생활을 하는 사람이라면

당장 다른 이와의 경쟁과 투쟁을 멈추십시오.

남과 투쟁하지 말고 자신을 고립으로 몰아넣는 에고와 싸우십시오.

현재 당신과 함께하는 이들을 인생 후반부를 살아가는 친구로

삼으십시오.

만일 당신이 은퇴 후의 인생 3막을 사는 사람이라면

타인이건 나이건 경쟁과 투쟁을 멈추십시오.

그것이 함께, 건강하게, 오래 사는 비결입니다.

요 며칠 몸이 아파 물질을 못했더니
먹을 것도 떨어져 간다.
바깥채 문을 여니 구쟁기며 몸이며
거기다 문어 한 마리까지.
그득한 망사리가 눈에 든다.
아마 이웃 새끼 해녀가 잡아다 논 거 같다.

* 몸 : 모자반의 제주말   * 새끼 해녀 : 마을에서 제일 어린 해녀

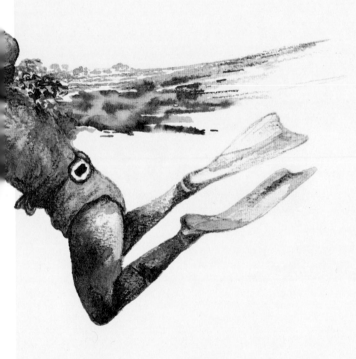

2부
———
나
누
기

매일 피우는 백만 송이 장미꽃

어느 유명 가수 겸 방송인이 결혼 1년 만에 파경을 맞았단다.
나를 놀라게 한 건 그녀의 1년만의 파경이 아니라
결혼식에 사용한 꽃 값이 엄청났다는 점이다.

심수봉이 노래한,
러시아의 가난한 화가와 유명 여배우에 얽힌 사연을 담은
〈백만 송이 장미〉의 가사를 음미해 본다.

'미워하는 미워하는 미워하는 마음 없이
아낌없이 아낌없이 사랑을 주기만 할 때
백만 송이 백만 송이 백만 송이 꽃은 피고
그립고 아름다운 내 별나라로 갈 수 있다네.'

그렇습니다.
내가 먼저 주어야 보답이 있습니다.
그래서 나는 봉사란 이타를 통한 이기의 실현이라고 합니다.

매일 백만 송이 꽃을 피울 수 있는 방법.
그건 사랑입니다.

오늘 물질은 어처구니가 없다.

이 적은 물질거리를 팔기도 뭐하고.

이웃에 이사 온 그림 선생에 구쟁기 젓갈이나 담가줘야겠다.

홀로 서지 마십시오

"뿌리 깊은 나무는 바람에 뽑히지 않는다."
한글을 창제하신 세종대왕의 말씀이죠.

그런데 요즘은 꼭 그렇지만도 않은 것 같습니다.
기후온난화로 인한 기상이변은 뿌리 깊은 거목도
한순간에 쓰러뜨리는 일을 다반사로 만드니까요.
홀로 선 큰 나무가 더 위험합니다.

삶도 그렇습니다.
나 혼자 잘났다고,
나 혼자 잘 살겠다고 홀로 서지 마십시오.
잘 나고 잘 살수록 한번에 쓰러집니다.

잔가지를 서로 엉키고 서 있는 나무들이 오히려 강합니다.
사람도 마찬가지입니다.
이웃과 사회와 잔가지를 많이 나누며
함께 서십시오.
가지가, 뿌리가 서로 엉키고 설킨 작은 나무가 돼야
'바람에 아니 뮐세'가 됩니다.

* 뮐세 : '쓰러지다'의 구어

물속에 들면

문득문득 두려운 마음이 든다.

어스름한 물속에서 옆에 움직이는 분녀 엄마를 보면

은근히 안도감이 든다.

함께해서 고맙다.

가끔 스치는, 밉보 곰식이도 어떤 때는 반가운 이유다.

*곰식이 : 돌고래를 이르는 해녀의 표현

고운 님, 나쁜 놈

고운 님은 고마운 님의 준말입니다.

나쁜 놈은 나뿐인 놈의 준말입니다.

고마운 님, 고운 님은 내게 따뜻한 손을 먼저 내미는 사람입니다.

그래서 '님'자를 붙입니다.

나쁜 놈은 나만을 생각하는, 모든 일이 나뿐인 사람입니다.

그래서 '놈'자를 붙입니다.

함께 같이 가자고 하는 사람은

자신의 이익뿐만 아니라 주위의 이익도 생각합니다.

그래서 고운 님입니다.

힘든 세상을 살아가는 지혜.

그것은 함께 걷자는 자세지요.

자신의 욕심을 살짝 내려놓고 이웃을 생각하는.

물속에 들면 나 혼자 같지만

물 밖에 나가면 여기저기서 숨비 소리가 들린다.

모두 고맙고 반가운 소리들이다.

울 동네 해녀들은 물질도 같이 하고,

밥도 함께 먹고, 함께 웃으며 울며 산다.

집은 그저 잠자러 들르는 장소다.

바당이 우리가 어울려 사는 집이다.

* 숨비 소리 : 물질을 마치고 수면으로 떠올라 내뱉는 숨소리

노블리스 오블리주

명품을 걸쳤다고,
높은 지위에 올랐다고,
비싼 차를 탄다고,
고급스러운 음식만 먹는다고
노블리스는 아닙니다.

오블리주를 행해야 진정한 노블리스입니다.
오블리주 없는 노블리스는 자존감 없는
자존심만 채우는 속 빈 강정이지요.

오블리주는 사랑으로 이루어집니다.
오블리주가 있어야 진정한 노블리스가 되는 것이지요.
노블리스가 된 다음에 오블리주를 행하겠다는 말은
오블리주를 포기하겠다는 말입니다.

오블리주는 인간에 대한 사랑이며,
사랑은 이웃에 대한 봉사로 표출되지요.

다 해진 고무 옷,

때 낀 주름투성이 손,

삶의 무게에 구부러진 허리.

쉴 시간 없이 달려 온 시간들이라고 깔보지 마라.

죽음을 무릅쓰고 물질해 자식들을 뒷바라지했고,

우리나라를 세계에 빛나게 한,

나는 자랑스러운 해녀 상군이다.

익어 간다는 것

'우린 늙어 가는 것이 아니라
조금씩 익어 가는 겁니다.'
노사연이 부른 〈바램〉의 가사입니다.

썩는 것과 익는 것은 일종의 발효 과정이지요.
똑같은 발효를 두고 하나는 썩는다고 하고,
하나는 익어 간다고 합니다.
한쪽은 고약한 냄새가 진동하고 볼품이 없어지지만
한쪽은 향기로운 냄새와 함께 고운 빛을 띱니다.

나이가 들어간다는 것은 썩어 가는 것과
익어 가는 것의 동일 개념입니다.
그런데 왜 썩어 가지 않고 익어 간다고 할까요?

자기만을 위해 사는 삶은 구린내와 썩은 내가 진동합니다.
이웃과 사회를 위해 사랑을 베푸는 삶,
함께하는 삶에서는 향기와 빛이 납니다.
익어 가는 것이지요.

묻의 집에서 이리저리 아프당.

물의 집에 들면 아프당도 다 도망가벤.

바당이 내 병원인가 보다.

그런데 요즘은 바당이 더 아파하는가 보다.

바당이 많이 망가져 간다.

내 아픈 덴 고치면서 자기는 못 고치나 보다.

*아프당 : 아프다 *도망가벤 : 도망가는데

Not use, No use

라마르크는 용불용설을 주창하며
사용하지 않는 것은 도태된다고 했습니다.
다윈의 진화론과 정반대의 관점이지만
결국은 같은 맥락입니다.

Not use, No use는 용불용설을
콩글리쉬로 표현한 나의 지론입니다.
'사용하지 않으면 못 쓰게 된다.'

인간은 나이가 들어가며
정신적, 육체적으로 쇠해 갑니다.
그런데 안 써서 못쓰게 되는 게 아니라 너무 많이 써서
그렇게 되는 거지만요.
당연한 이치입니다.

그러나 쓸수록 더 발달하는 것이 있습니다.
바로 이웃에 대한 따뜻한 마음과 사랑입니다.
이것은 더군다나 자신을 더욱 업그레이드해줍니다.
나이 들어가면서 줄어드는 자존감을 높여주지요.

하나 앞세우고,

둘 앞세우고,

셋, 넷 앞세우다 보니

이젠 내 뒤로 셋만 남았다.

나도 아프고,

바당도 아프고.

이래저래 할 일이 없어지니

점점 몸이 말을 안 듣는구나.

발룬티코노미스트를 아시나요

발룬티코노미스트는 봉사란 '발룬티어'와
경제활동을 하는 사람이란 '이코노미스트'가
합쳐진 말로 내가 주창하는 단어입니다.

이 표현이 내포하는 의미는
'봉사란 이타를 통한 이기주의의 실현'입니다.

인생 후반부의 삶은 인생 전반부에 가졌던
돈, 명예, 지위, 권력이라는 가치를 내려놓고
사회적 필요에 스스로를 충족시킴으로써
자존감과 자아실현이라는 가치를 이어가야 하지요.
데이비드 브룩스가 얘기한 두 번째 산에 오르는 일입니다.

봉사도 하면서 조그마한 보상을 이어가는 삶,
그것이 발룬티코노미스트적 삶입니다.
이런 삶의 자세가 인생 후반부를 행복하게 합니다.
이런 삶에는 끝이 없습니다.
자신의 의지에 따라, 자신과 함께 가는 삶의 모양이지요.

물질 나온 우리를 반갑게 맞는 이는
우리 마을에서 나이가 가장 많은,
옛날에는 육지까지 원정 물질을 다녔던
해녀 대장님이다.
이제는 물질을 못하는 뚱군이지만
아직도 우리가 걱정스러운가 보다.
점점 쇠잔해 가는 몸을 이끌고
바당에 나온 할망이 가슴 짠하게 한다.

늑대에게서 배웁니다

늑대는 먼 거리를 이동할 때
병들고 늙은 늑대를 맨 앞에 세웁니다.
강한 젊은 무리는 그 뒤를 따르게 해
앞서가는 병들고 늙은 늑대를 응원합니다.
우두머리 늑대는 맨 끝에 쳐져
뒤를 보호하며 혹 낙오하는 늑대 가족을
거두기 위해서지요.

인간은 어떻습니까?
인생이란 먼 길을 걸으며 자기만 잘 살겠다고
맨 앞으로 나서려 하지 않나요?

인류의 지속 발전 가능한 삶을 위해서는
늑대의 무리 이동에서 지혜를 배워야 합니다.
그래야 함께 오래 갑니다.
그것이 결국은 자신을 지키는 일이기도 합니다.

오늘은 조금 깊은 곳,

아래 물살이 센 곳으로 물질을 나갔다.

망사리 가득 담게 잡았다.

오늘 물질 몫은 내 것이 아니다.

물질하기에 늙어 별로 잡을 것이 없어도

물질 나오는 덕구 할망 몫이다.

우리의 마음에도 꽃이 활짝 피기를

척박하던 세렝게티에도
우기가 되면 푸른 융단이 펼쳐집니다.
죽음의 그림자가 가득 드리워졌던 몽골고원에도
날씨가 풀리면 온갖 꽃이 향연을 펼칩니다.

날로 각박해져 가는 우리네 마음에도
향기로운 꽃이 만발했으면 좋겠습니다.
사랑과 봉사와 기여라는 이름의.

나 보고 제주에선 보기 드물게 예쁜 해녀라고 한다.

내가 해녀 세 자매 중 막내라서,

늙은 해녀만 보다가 젊은 해녀를 봐서 그러나 보다.

그나저나 나보다 젊은 해녀들이 많이 생겼으면 좋겠다.

주위 해녀 할망들이 모두 물질을 그만두니 속상하다.

미루지 마세요

'숲은 조용히 있으려 하나 바람이 멈추지를 않고
자식은 이제 부모님을 봉양할 능력이 됐는데
부모님은 기다려주지 않고 떠나시는구나.'
효도를 뒤로 미루지 말라는 《효경》의 구절입니다.

다 때가 되면 하겠다라며 뒤로 미루지 마십시오.
무작정 기다려주지 않는 것이 삶입니다.
이웃과 사회에 대한 배려와 기부와 봉사도 마찬가지입니다.
잘살게 되면 그때, 시간의 여유가 있을 때 그때……
그건 결국 시간만 허비하며 자신을 갉아먹는 못된 적입니다.

지금이 그때입니다.
봉사도 '카르페 디엠'입니다.

한라산이 두꺼운 솜이불을 덮었다.

해녀의 숨비 소리도 잦아 들었다.

이 긴 겨울에 소라며 성게며 전복은 부쩍 크겠지?

해녀의 손길을 기다리며.

할망들과 다 함께 숨비 소리 노래를 부를

봄이 기다려진다.

지식의 시대는 끝나고

지식은 끝났습니다.

'걸어 다니는 백과사전'이라던 별명도 이젠 소용없습니다.

나보다 더 많은 지식이 손바닥 위에서 놀고,

나이 들어가며 그나마 있던 알량한 지식도 가물거리고.

지혜가 필요한 시대입니다.

지식은 경험을 통해 지혜가 됩니다.

똑똑한 사람보다는 지혜로운 사람이 필요할 때입니다.

수많은 시간, 경험을 통해 축적한 지혜를

나이 든 사람들은 가지고 있지요.

은퇴 후,

그동안 쌓았던 지혜를 사장시키는 건

인류를 위해서도 바람직하지 않은 일입니다.

후손들에게 지혜로움을 전수하는 일은

앞서 살아가는 사람들의 의무입니다.

선생님 따라 시를 써 봤습니다.

시라는 게 뭔지도 모르는 해녀가

난생처음으로.

물질 소리 첨벙.

숨비 소리 호이이.

물 나오면 갈매기 끼룩.

뭍에 오면 파도 소리 철썩.

내 물질이 노래다.

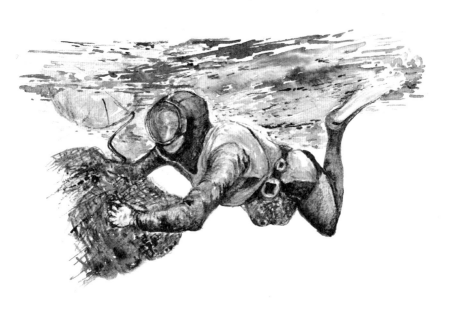

삶은 외줄타기

인간은 고해를 건너는 외로운 존재라며

인생을 외줄타기라고 말하고는 합니다.

위태로운 삶, 외로운 삶,

자칫하다가 나락으로 떨어질 위험을 안고 사는 삶.

그런데 정말 그럴까요?

꼭 그렇지는 않습니다.

우리네 삶의 여정에는 함께 가는 이들이 있습니다.

가족이 있고, 친구가 있고, 이웃이 있고, 사회가 있습니다.

외롭지 않게 가기 위해

위험에서 구원의 손길을 받기 위해선

먼저 손을 내밀어야 합니다.

Give and Take가

Take and Give가 아닌 까닭이죠.

'혼자 물질하지 마십시오.'

해녀 작업장 유리문에 붙은
경고문이다.

당연한 걸 예전엔
왜 혼자 했었을까?

천사의 얼굴

천사의 얼굴을 보고 싶으십니까?
착한 일, 베푸는 일로 온화하게 나이 들어가는
이웃을 보십시오.

악마의 얼굴을 보고 싶으십니까?
투쟁하며 나만을 위해 살아가는
강퍅한 이웃을 보십시오.

자신의 얼굴을 거울에 비쳐 보십시오.
천사가 보입니까, 악마가 보입니까?

나이 들어가며 얼굴은 자신이 만드는 겁니다.
바로 썩은 냄새 풍기며 늙어 가느냐,
향기로운 내음 풍기며 익어 가느냐의 차이지요.

오늘은 기분 좋은 날이다.

육지서 온 그림 선생이

쭈그렁 망태기인 나를 보고 예쁘다고 한다.

놀리는 말 같았지만

여자인 내게 기분 나쁜 소리는 아니다.

잉꼬부부다, 평생 싸우지 않고 산다는 부부는
정말 위험한 부부입니다.
풍전등화와 같이 위태로워 보입니다.
부부는 싸워가며 정을 쌓아가는 사이입니다.
싸우지 않는다는 것은 무관심이나 포기입니다.

관심이 있기 때문에 갈등이 있는 겁니다.
많은 이들이 부부 간의 성격차이를 호소합니다.
이상하죠?
원래 부부는 성격 차이가 있습니다. 새삼스럽게······.
성격 차이로 인한 갈등을 해소하는 방법으로는
배려와 존중의 자세가 있습니다.
상대편을 존중해주고, 역지사지의 자세로 배려해주고.
자기 자신을 사랑하는 만큼만이라도 사랑해주십시오.

사랑의 기본은 배려고
배려심이 행동으로 나타나는 것이 봉사입니다.
결국 봉사는 자기 사랑이지요.

영감하고 싸워 기분이 나빠서인지

오늘 물질이 영 시원치 않다.

내일부터는 물질 못할 친구지만

그래도 옆에 나를 이해해주는 이웃이 있어 좋다.

'이이제이(以夷制夷)'라는 표현이 있습니다.

오랑캐를 이용해 오랑캐를 무찌른다는 말로

《후한서》에서 나온 말입니다.

이를 조금 좋은 뜻으로 사용해 보고자 합니다.

봉사를 뒤로 미루지 말라는 뜻으로 사용합니다.

바로 '봉사하는 사람들에게 봉사하는 것도

좋은 봉사다'라는 나의 지론이지요.

우리는 흔히 봉사를 어렵고 힘들게 생각하며

상황이 나아지면 그때 하겠다고 핑계를 댑니다.

정 그렇다면 직접 봉사 말고 간접 봉사를 하십시오.

그 봉사를 받은 사람이나 기관이 다른 이에게

더 좋은 봉사를 할 수 있게 말입니다.

평소에 내 하르방과 그렇게 싸우던

이웃 하르방이 물질을 끝내고 나오는 나를 돕는다고

내 하르방과 함께 나왔다.

평소에 내가 남 모르게 챙겨준 덕일 게다.

이젠 둘이 싸우지도 않는다.

* 하르방 : 할아버지

자식은 곧 남입니다

자식을 소유하려 들지 마십시오.

슬하(膝下)의 자식이란 말이 있습니다.

슬상(膝上, 슬하의 반대 개념으로 봄)이 되면

내 자식이 아닙니다.

내 무릎 아래의 아이일 때나 내 자식입니다.

이런 말 하지 마십시오.

"내가 널 어떻게 키웠는데?"

돌아오는 말이 가슴을 후벼 파는 말이 될 수도 있습니다.

자식, 내 마음대로 안 된다고 한탄하지 마십시오.

원래 내 맘대로 안 되는 게 다 성장한 자식입니다.

자식을 내 것이라고 주장하지 마십시오.

소유욕을 버리면 간단히 해결될 문제입니다.

그럼에도 불구하고 모든 재산을 자식에게 물려준다고요?

그런 생각이 있다면 이웃에게도 조금이라도 나눠주십시오.

적어도 망하지는 않습니다.

물질하고 기진해 나온 나에게

손자하고 나온 아들이 내게 묻는다.

"엄니 많이 땄소?"

지 에미 고생했단 말 먼저 하면 좋으련만……

이래서 애 낳아 봐야 소용없다 하나 보다.

그래도 좋다.

니들이 있어 힘이 나니까.

작은 것부터 시작하십시오

'1미터도 안 되는 걸음으로 벌써 두 개의 산을 넘었잖아요.'
고 박영석 대장이 남긴 말입니다.
박 대장의 말은 내게 1미터당 1원의 기부금을
푸르메재단 발달장애우들의 치료, 재활 목적으로 사용해달라는 모임,
한걸음의 사랑을 만드는 데 용기를 줬습니다.

우보천리(牛步千里), 마부작침(磨斧作鍼)의 그 끈기를 믿습니다.
모든 걸 크게 그리고 빨리의 우매함을 깨닫게 합니다.

작은 사랑부터 베푸십시오.
큰 사랑으로 돌아옵니다.
예전에 나에게 첫 해녀 그림 초대전을 열어준
갤러리 서촌재를 소개하면서
'작은 공간, 큰 세계'라는 표현을 쓴 것이 기억납니다.
작아도 큰 효과를 내는 것, 그것이 사랑입니다.

오늘 잡은 것이 별로 없어도

큰 걱정은 안 한다.

요 며칠 잡아 놓은 게 꽤 되니까.

다음 물질에는 많이 잡는다는

희망이 있으니까.

왼손이 알게 해야 하는 선행

'오른손이 하는 일을 왼손이 모르게 하라'는
겸손을 강조한 말이지요.

이런 선행을 은덕이라고 합니다.
맹자의 실천도덕을 근간으로 하는 4단(四端) 중 하나인
'사양지심(辭讓之心)'의 영향을 많이 받은 우리는
대놓고 선행을 베풀고 이를 자랑하는 행위를 극도로 꺼려합니다.

그러나 나의 생각은 조금 다릅니다.
'오른손이 하는 일을 왼손이 적극적으로 알게 하라'가 내 주장입니다.
선한 영향력의 확산을 위해서지요.
남 모르게 하는 선행을 지나치게 미화하면
봉사나 기부가 어떤 특정 인사들이 하는 일로 오해하기 쉽습니다.
그렇게 되면 크고, 거창한 봉사만이 중요하다고 착각하게 됩니다.
작은 것부터 시작하십시오.

지나친 겸손은 덕이 아닙니다.
특히 베풀기 행위는요.
단, 과시형이 되어서는 안 되겠지요.

물질을 나갔다 오니

부엌에 양떡이 하나 놓여 있다.

아마도 이웃 그림 선생이 놓고 갔을 거다.

평소 먹어 보기 힘든 양떡을 가끔 사다주니 얼마나 고마운지.

다음번에 문어를 잡으면 그림 선생 줘야겠다.

* 양떡 : 카스텔라

인지찰즉무도

수지청즉무어(水至淸則無魚),

인지찰즉무도(人至察則無徒)란 말이 있습니다.

물이 맑으면 고기가 살 수 없고

사람이 지나치게 까탈스러우면 따르는 사람이 없다는 경구지요.

그런데 중국의 구채구나 라오스의 쾅시폭포 등을 둘러본 이후

'수지청즉무어'라는 말이 믿기지가 않습니다.

그 수정같이 맑은 물에 고기들이 버젓이 살더군요.

그러나 한 가지 아직도 변하지 않은 말은

사람이 차가우면 주위에 따르는 사람이 없다는

진리(이 말도 요즘 보면 꼭 그렇지도 않은 듯)지요.

주위에 사람이 점점 줄어든다고 걱정되십니까?

먼저 베풀어 보십시오.

따뜻한 마음과 손을 먼저 내밀어 보세요.

물이 깨끗하면 '물고기가 별로 없다'라는

소리를 들은 적이 있는데

바닷물이 지저분해졌다는 요즘은

왜 잡히는 것이 적을까?

봉사의 개념을 바꾸세요

'봉사란 국가나 사회, 또는 남을 위해
자신을 돌보지 아니하고 힘을 바쳐 애씀.'
표준국어대사전에서 정의한 봉사의 의미입니다.

Blue Rose란 표현이 있습니다.
불가능함을 얘기할 때 인용되던 파란 장미입니다.
그런데 이젠 파란 장미를 많이 봅니다.

봉사에 대한 정의도 바뀌어야 합니다.
'이 세상에 공짜는 없다'라는 내 생각에 따른다면
봉사는 자신을 돌보지 않고
남만을 위해 애를 쓰는 행위가 아닙니다.
자신을 위한 일입니다.

바로 이타(利他)를 통한 이기(利己)의 실현이지요.
자신을 사랑하지 못하는 사람은
절대로 남을 위해 봉사할 수 없습니다.
그것이 봉사가 주는 보상입니다.

백짓장도 맞들면 낫다고 한다.

그 말이 맞긴 맞나 보다.

오늘 물질은 아이들 말로 대박이다.

가득 찬 망사리는 혼자 들기 힘들 정도다.

여럿이 맞잡아 나르는 망사리.

왜 이리 가볍지?

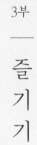

3부

—

즐
기
기

인생 3막에는

사자와 같이 투쟁하고 쟁취하던 인생 2막을 마치고
어린아이와 같이 순진무구한 마음으로 살아야 할
인생 3막은 당연히 모양새가 달라야 합니다.

인생 2막(직장 생활)이 처절한 투쟁의 과거였다면
인생 3막은 즐기고 나누며,
함께 오래 가야 할 내일이기 때문입니다.
부의 쏠림, 분규, 전쟁, 불행해지는 개인의 삶,
환경파괴, 망가지는 지구……
모두 나만 잘 살면 된다는 사자와 같은 삶을
고집했기 때문입니다.

이 모든 위험을 해결할 유일한 방법은
'함께'입니다.

오래전 신나게 물질하던 바당에
이젠 잡을 것이 별로 없다.
가벼워진 망사리에
무거운 마음만 잔뜩 담아 온다.
그래도 내일은 많이 잡겠지?

기분 좋은 삶

인간은 지구별에 소풍 나온 소풍객이라고
어느 시인이 노래했습니다.
로맹 롤랑R. Rolland은
'인생은 장미꽃을 뿌려 놓은 탄탄대로가 아니다'라고 한탄했습니다.

어떤 이는 죽음을 앞두고 잘 놀다 간다라고 했습니다.
어떤 이는 죽음을 앞두고 다시 태어난다면
똑같은 삶을 살지 않겠다며 후회합니다.

그 둘의 차이는 자신만의 삶을 위해
욕심을 버리지 못하고 불만으로 가득한 삶이냐,
현재에 만족하고 즐기며 살아가느냐에 있습니다.

카르페 디엠!

심술을 부리던 바다가
거울같이 잔잔한 날.
오늘이 바로 기분 좋은 날이다.
바다가 나를 품어주니까.
기분 좋은 바다,
기분 좋은 물질,
기분 좋은 망사리.

다 때가 있는 법입니다

'일찍 일어나는 새가 먹이도 먼저 잡는다.'
아침형 인간이 성공한다는 말로
농로적 근면주의를 몰아붙이던 시절이 있었지요.
'새벽종이 울렸네, 새 아침이 밝았네.
너도 나도 일어나……'를 부르며.
'노세 노세 젊어서 노세, 늙어지면 못 노나니.'
이런 노래가 금지곡으로 정해진 때도 있었지요.

모르는 말씀입니다.
이런 이야기하면 당신은 꼰대입니다.
다 때가 있는 법입니다.

나이가 들어가며 절대로 해서는
안 되는 언행이 '왕년 찾기'입니다.
그때는 그때고, 지금은 지금입니다.

해경이다.

거센 겨울 바다가 잠잠해지고

지루했던 겨울이 끝나간다.

소라며 멍게며 전복이 살이 오르고

미역이며 톳이 푸르게 돋아나는

봄이 왔다.

물때 맞은 이른 아침 물질에 나선다.

해녀의 삶의 향연이 펼쳐진다.

* 해경 : 한 해의 첫 물질하는 날

자신의 어록을 만들어 보세요

'봉사란 이타를 통한 이기의 실현이다.'

'나이가 든다는 것은 늙는 것이 아니다.

늙는다는 것은 열정이 식어간다는 말이다.'

'걷기란 다리로 생각하고 머리로 걷는 행위다.'

'여행이란 자기 자신을 의도적으로 불확실한 상황에

노출시킴으로써 자신을 찾아가는 과정이다.'

'여행에서 수상하면 가지 말고 이상하면 하지 마라.'

살아오면서 경험하고 느꼈던 바를 바탕으로

나만의 어록을 만들어 봤습니다.

자신만의 어록을 만들어 보십시오.

선현이나 유명 인사들의 어록을 배우고 실천하는 것도 좋지만,

앞날의 좌표가 될 어록을 직접 만들어 보십시오.

이웃집 해녀 할망은 올해 나이 여든여섯 살.

심해져 가는 치매로 물질을 그만두고

요양원에 가신다.

칠성판을 짊어지고 저승에서 돈 벌어 온다며

불과 얼마 전까지만 해도

망사리와 태왁을 어깨에 걸치고

씩씩하게 바다로 나가시던 해녀였다.

그녀의 어록이 가슴을 친다.

'칠성판을 짊어지고 저승에서 벌어 이승에서 쓴다.'

공전의 히트를 친 노래의 가사,
'사랑(연애)하기 딱 좋은 나이다.'

그런 사랑 아닙니다.
이웃을 위한 사랑을 담아
'사랑하기(봉사) 딱 좋은 때'입니다.

이다음에 여유가 생기면……
그것이 아닙니다.
지금 당장하십시오.
왜냐하면 세월은 나를 기다려주지 않기 때문입니다.
그리고 사랑은 자기 사랑부터 시작하십시오.
자기를 사랑해야 이웃을 사랑할 수 있기 때문입니다.

물질 바삐 나가는 내 앞에서
왠 반찬 투정이람?

불편한 마음으로 물질을 나가면
그 잘 보이던 구쟁기도 잘 보이지 않는다.

가벼운 망사리, 무거운 마음으로 마지막 날숨을 쉬는데
늙어 병든 영감이 방파제에 나와 있다.
내 걱정이 되나 보지.
어쨌건 함께 늙어 가는 영감이 최고다.

우리는 흔히 '바쁘다'를 입에 달고 삽니다.

그래서 워라벨을 추구하지요.

말이 워라벨이지 사실은 놀고, 쉬고 싶다는 욕망이지요.

'바쁘다'를 외치면서 워라벨을 추구하려는 삶은

그야말로 허황된 꿈을 꾸는 일입니다.

나이 들어가면서 평생 외치던 '바쁘다'라는 소리는 잦아들고

오히려 무료함에 몸부림칩니다.

그렇게 바라던 바를 이뤘는데 말입니다.

또 한편에서는 바라던 대로 쉬게 되었는데

끝까지 일을 쫓아다닙니다.

평생을 아이러니로 살아가야 할 운명인가요?

행복한 삶이란 조화로운 삶입니다.

일과 놀기, 자신의 이익과 이웃에 대한 사랑 베풀기,

이를 가능케 하는 것이 발룬티코노미스트적 삶입니다.

육지에서 온 이웃 그림 선생이 자꾸 자기네 집에 놀러 오란다.

물질 없으면 밭질 하는 우리네 해녀가 놀 시간이 어딨나,

죽을 시간도 없구만…….

범보다 무서운 마마라는 표현이 있었습니다.

홍역을 일컫던 옛 어른들의 말입니다.

하기사 옛날에는 호랑이가 가장 무서운 포식자니

그보다 더 무서우면 얼마나 무서웠겠습니까.

이제는 홍역? 가벼운 감기보다 조금 더한 것이라 여깁니다.

그렇다면 요즘 범보다 무서운 게 무엇이 있을까요?

'무조건'입니다.

무조건에는 어떤 해결책도 처방도 백약이 무효입니다.

사람이 무조건에 도취되다 보면 아무것도 안 보이게 됩니다.

무조건은 내 표현에 의하면 Stick to Stick입니다.

한쪽이 부러지는 결과만 낳습니다.

이 세상에 '절대', '무조건'이란 진리는 없습니다.

인간은 죽는다는 것과

이 세상에 공짜는 없다(물론 한순간은 있을 수도)는 것만 빼고요.

행복한 삶이란 조화로운 삶에서 옵니다.

절대라는 가치에 함몰되면 조화로움이 사라집니다.

공동 물질을 나갔다.

이웃 마을 해녀들과 함께.

예전에는 경계가 겹쳐지는 이 섬 주위에서

두 마을 해녀들 간에 싸움도 많았었는데..

'거긴 무조건 내 구역이야,

우리가 다 가져야 해' 하면서.

이제는 함께 물질해서 좋다.

싸움도 안 하고, 함께 더 많이 잡기 위해

같이 노력도 하고.

인내는 쓰고 열매는 달다?

우리는 흔히 성공을 위해 온갖 고난과 역경을 극복하자며
인내는 쓰지만 그 과정을 지내면 달디 단 성공의 맛을
볼 수 있다고 독려합니다.

지당한 말씀인 것 같지만 돌이켜 보면
그 맛 또한 허무합니다.
결국은 불확실한 미래를 위해
오늘을 희생하라는 강요로 들리기 때문입니다.
마치 목표지상주의에 의해
과정경시형 삶을 살라는 것 같이 말입니다.

인내도 달고 열매도 달면 어떨까요?
어려움이, 힘든 일이 달게 느껴질 리 만무하지만 말입니다.
'고진감래(苦盡甘來)'가 고통을 참으라는 최면이라면
지금의 내 일이, 내 삶이 단 열매라고,
즐길 수 있는 일이라고
자기 최면을 걸어 보면 어떨까요?

오늘은 기분 좋은 날이다.

망사리 가득 담은 물질거리의 무게가

집으로 돌아가는 발걸음을 더디게 하지만

기분만은 최고다.

오전에 끝낸 물질 덕에

오늘 저녁 찬거리가 풍성해지겠다.

즐기세요

'지지자불여호지자, 호지자불여락지자
(知之者不如好之者, 好之者不如樂之者).'

《논어》옹야 편에 나오는 말입니다.
아무리 잘하고 좋아하는 일이라도 즐길 줄 아는 것엔
미치지 못한다는 말입니다.
이 경구는 비단, 하고자 하는 일이나 직업에 국한되는 표현은 아닙니다.

〈여성경제신문〉에 '한익종의 삶이 취미, 취미가 삶'이라는
칼럼을 연재하고 있습니다.
취미의 기본은 '즐거움과 즐김'입니다.
만일 취미가 스트레스를 주고 삶에 도움이 안 된다면
그런 취미는 버려야 합니다.

삶이 취미고, 취미가 자체인 삶이 행복하지 않을 리 없죠.
삶 자체를 즐기십시오.
그 방법은 잘 아실 겁니다.
단지 마음이, 몸이 안 따를 뿐이지요.
온갖 핑계를 갖다 대며.

험한 일이

유네스코 인류문화유산에 등재되었단다.

이 고된 일이

활짝 꽃 피었단다.

한 송이의 국화꽃을 피우기 위해······

시가 현실이 됐다.

천국으로 출근하는 여인

내 아내의 별명입니다.

나이 육십에 사회복지사 자격증을 취득하고

지난 5년간 요양보호사로 치매 노인을 돌보고 있습니다.

최저급여, 열악한 근로환경, 사회적 편견에도 불구하고

그녀가 즐겁게 출근하는 이유는 무엇일까요?

도움이 필요한 누군가를 돕는다는 자긍심.

사회적 기여를 통한 자존감의 유지.

봉사하면서 소득도 얻는다는 발룬티코노미스트적 삶.

인생 후반부에 꼭 지녀야 할 가치입니다.

내 나이 이제 구십.

모든 기억이 가물가물 하지만

물질하던 기억은 또렷하다.

몸이 물질 못한다고

마음도 물질 못하는 건 아니다.

내가 태어난 곳도 바닷가.

내가 떠날 곳도 바닷가.

바다에서 잠들고 싶다.

비교하지 말자

비교하지 마세요.
불행의 근원은 비교입니다.

최빈국 중 하나인 방글라데시는 과거에 가난과는 상관없이
국민들의 행복지수가 가장 높았었습니다.

그런 방글라데시의 행복지수가
현재는 백 위권 밖으로 떨어졌답니다.
살기는 과거보다 좋아졌는데 행복지수는 더 떨어진 아이러니.
대중매체와 소셜미디어 등을 통한 다른 나라와의 비교 때문입니다.

행복과 불행은 사실 존재하지 않습니다.
그런데 다른 이와 비교하는 순간 나타납니다.
행복감과 불행감은 내 속에서 생겨나는데
다른 이에게서 와 내 마음에서 자라나지요.

오랜만에 동네 해녀들 모두

물질에 나섰다.

나도 한때는 많이 잡으려고

혼자 물질을 나갔던 때가 있었다.

영순이네 망사리가 나보다 많은 걸 보면 샘이 났거든.

돌이켜 보면 죽으려고 환장한 짓이었지.

남보다 많이 잡으려고,

남보다 먼저 잡으려고 목숨까지 내놨었으니.

끝이 끝이 아니다

'인간은 비참함과 잘 어울리기 때문에
목숨이 있는 한 모든 걸 참아낸다.'
몽테뉴의 말입니다.

우리는 흔히 절망감에 사로잡혀
모든 게 끝났다고 절규합니다.
그러나 끝낼 건 자기 자신을 포기하고자 하는
나약한 마음입니다.

"죽으면 딱 끝이야."
옛날 어느 노인이 하도 힘드니까 이런 말을 하더군요.
그런데 그 노인 잘 사시다 가셨습니다.
아흔세 살의 나이로.

은퇴를 마치 다 산 것처럼 여기는 사람들이 있습니다.
삶이 지속되는 한 끝은 없습니다.
아무리 가혹한 현실이라도 끝내는 것보다는 낫습니다.

마지막 물질 날이다.

망사리를 준비하는 손이 떨린다.

그 긴 세월을 함께한

바당과 이웃 해녀들과 작별할 생각을 하니

마음 또한 요동친다.

삶의 업사이클링

나이가 들어가면서 정신과 육체가 퇴행하는 것은

지극히 당연한 이치입니다.

다만 정도의 차이가 있을 뿐이죠.

늙고 퇴행함은 열정이 식어가면서

나타나는 현상입니다.

많은 이들이 은퇴하면 퇴화하는 걸로 여깁니다.

열정적 삶의 많은 부분을 스스로 포기하지요.

그러나 은퇴가 곧 퇴화는 아닙니다.

온고지신(溫故知新)이라는 표현이 있습니다.

자신이 경험하고 축적했던 지혜와 경험적 지식을

열정적으로 다시 활용해 퇴화를 늦추는 것,

그것이 삶의 업사이클링입니다.

은퇴는 삶을 업사이클링 할 좋은 기회입니다.

칠성판 짊어지고
저승에서 벌어 이승에서 쓰는 일이라고,
그렇게 위험한 일이라고 얘기는 하지만
바당은 나의 즐거운 집이자
놀이터다.

두 번째 산 오르기

데이비드 브룩스는 자아실현과 자존감을 세우기 위해
이웃에 대한 봉사와 사회에 대한 기여로 채워지는
삶을 두 번째 산이라고 표현했습니다.

김형석 선생님께서는 백 년을 살아 보니
예순에서 일흔다섯 살까지가 가장 황금기였다고 회고합니다.
역시 이웃에 대한 봉사와 사회에 대한 기여를 통해
가능했다고 하시더군요.

직장에서의 은퇴는 돈과 명예, 지위를 위한 자신만의 삶,
투쟁적 삶을 마무리하고 이웃과 사회에 대한
봉사와 기여를 통해 자존감을 높이고
자아실현을 할 수 있는 좋은 때입니다.
인생 후반부는 두 번째 산에 오르는 때입니다.

사람들아,

내 손을 더럽다고 여기지 마라.

내 손은 단순한 손이 아니다.

내 손은 일기이고 해녀의 역사다.

내 손의 터지고 깨진 틈새에는

아이들, 하르방, 동네 사람들,

제주의 이야기가 고스란히 담겨

유네스코 인류문화유산이라는 꽃을 피운 손이다.

나는 우리네 삶을 케인즈Keynes의 경제 4 Cycle 이론에
빗대어 표현하곤 합니다.
사람의 생로병사나 고난과 역경을 극복하고
다시 정상에 서는 과정, 그리고 일정 기간이 끝나면
다시 쇠해 가는 과정을 표현하는 것이죠.

여러 가지 이유로 고통받는 이들에게 얘기합니다.
자신이 가장 불행하다고 여기는 이들에게 말해줍니다.
여러분, 지금 힘드세요?
바닥입니다. 그렇다면 나아지는 일만 남았군요.

인간은 누구나가 그렇습니다.
영원히 불행할 수도 없고
영원히 다 누리고 살 수도 없습니다.

바닥을 쳐야 오를 수 있기 때문이죠.
정상에 있으면 내려와야 하기 때문입니다.

세월아!

내 허리, 내 무릎, 내 머리 왜 그리 망가뜨려 놨노?

하기야 그 긴 시간에

자식 향한 사랑 주렁주렁 매달렸고,

영감 위한 보살핌 덕지덕지 붙었고,

이웃 위한 나눔 켜켜이 쌓였으니

그 무게를 어떻게 감당하겠노?

내 비록 아프긴 해도 물질이 준

훈장으로 생각하련다.

혼자 하는 취미는 오래 못 갑니다

불우이웃 돕기 성금 마련을 위해 야드 세일을 하면서

지난 세월 사용하다 내팽개쳐진 레저용품들을 바라보며

취미생활에 대해 생각해 봅니다.

참 많은 취미생활을 했습니다.

그러나 이제껏 유지돼 오는 취미생활은 없습니다.

그 이유는 혼자만을 위한 취미생활은

지속되기 어렵다는 데 있습니다.

즐기면서 하는 봉사를 취미생활로 만들어 보십시오.

봉사는 기본적으로 '함께'를 전제로 합니다.

나만이 아닌 다른 이들과 함께하는 취미인 봉사,

자신이 즐기는 일을 통한 봉사는

훌륭한 취미생활이며, 오래갑니다.

내 나이 팔십 하고도 넷.

물질 오래도 했다.

나 혼자만이었다면

그만둬도 벌써 그만뒀을 물질을

지금까지 할 수 있었던 건

자식과 가족, 이웃이 힘이 되기 때문일 게다.

젊게 보일 수 있는 법

젊어질 수는 없습니다.

그러나 젊어 보일 수는 있습니다.

어떻게 하면 젊어 보일 수 있냐고 묻습니다.

열정이 식지 않으면 젊게 살 수 있다고 대답해줍니다.

열정이 있는 삶이란 가치 있는 삶을 산다고 느낄 때 가능합니다.

내가 생각하는 가치 있는 삶이란

'부유하되 교만하지 않고 궁핍하되 추하지 않은 삶'입니다.

자공의 말 중 '아첨하지 않게'를 '추하지 않게'로

바꿔 표현해 봤습니다.

욕심이 좌우하는 삶을 버리면

가치 있는 삶이 된다는 신념입니다.

가치 있는 삶, 열정이 식지 않는 삶을 사는 사람은

늙어 보이지 않습니다.

젊어 보이려고 기를 써 봐야

그것이 오히려 스트레스로 작용해 더 늙어 보입니다.

욕심은 스트레스를 낳고

스트레스는 외모를 추하게 만듭니다.

이웃 마을에

쉰두 살, 젊은 해녀가 왔단다.

울 바당도

다시 젊어질 수 있을까?

실패할 준비되셨나요?

이제껏 성공적인 삶을 살았다고 자신한다면

이제 실패할 준비를 하십시오.

인생 후반부, 실패하는 삶을 살라는 것이 아닙니다.

내 마음대로 되지 않을 때를 준비하라는 말입니다.

각본대로 되지 않는 것이 인생 3막이라는 무대입니다.

은퇴 후의 삶이 그렇습니다.

세계적 기업 3M의 본사 현관 벽에는 이런 문구가 있었습니다.

(오래전 본 것이라 지금도 있는지는 모르지만)

'당신이 만일 단 한 번도 넘어지지 않았다면

당신은 단 한발자국도 앞으로 나아가지 않은 것이다.'

역시 3M의 대표적 상품인 포스트잇을 개발한 화이트 박사도

생전에 내게 이런 말을 건네더군요.

"실패를 두려워하지 마십시오. 정작 두려워할 것은

미리 포기하는 마음입니다. 포스트잇도 실패가 낳았으니까요."

영화 〈샷건〉 웨딩 장면에서의 대사를 기억합니다.

"사실 겁나요. 앞으로의 인생도 뒤죽박죽일 테니까요.

그러나 당신하고 함께 헤쳐 나갈 거예요."

여러분의 옆에는 누가 있나요?

속속하던 물이 겁나게 빨라져

먼 바당으로 쓸려갈 뻔했다.

물질을 하다 보면 잡는 데만 정신없어

죽는 줄 알 때가 이서마시.

나이가 들어가면서 물질 솜씨는 줄었지만

위험한 건 금세 알 수 있어.

그러고 보면 나이 먹어 가는 것도 복인가 보다.

*속속하던 : 조용하던　*이서마시 : ~이 있다

가지 않은 길, 가지 않는 길

누구에게나 가지 않은 길, 가지 않는 길이 있기 마련입니다.

우리네 인생에 놓여 있는 길입니다.

시제의 차이와 의지의 차이일 뿐입니다.

가지 않은 길은 돌이켜 후회의 염을 가질 길이고,

가지 않는 길은 선택을 하지 않아 아쉬워할 길이지요.

인생의 마지막에

어떤 길이었던 간에 아쉬워하긴 마찬가지일 겁니다.

어떤 길을 택하든 후회할 수도 있습니다.

인생 자체가 결코 순탄하지는 않을 길이기 때문이죠.

인생 후반부에 가지 않아서 아쉬워하겠습니까,

아니면 가고 나서 후회하겠습니까?

설령 후회하는 길일지라도 선택했다면 삶에 추억이라도 남습니다.

예측 불허한 인생 후반부지만 용기를 내어 걸어가십시오.

자주 나가지 않던 바당으로 물질을 나갔다.

물살이 세고 바닥 바위가 거세서

왠만한 상군들도 꺼리는 바당이다.

위험을 무릅썼는지 구쟁기도 굵고,

자주 못 보는 전복도 있다.

집으로 드는 발걸음에 으쓱함이 잔뜩 함께한다.

인디언 썸머

겨울이 오기 전 한 때, 햇볕이 좋고 온화한 날을 일컫는
북미 아메리카 인디언들의 표현이 인디언 썸머입니다.
노년기 행복한, 축복받는 한때를 일컫는 표현이기도 하지요.

여러분은 지금 인디언 썸머를 즐기고 계십니까,
아니면 인디언 썸머를 준비하고 계십니까?
누구나 인디언 썸머를 경험하게 됩니다.
나는 왠지 조금 서글픕니다.
한때만 반짝이는 게 아쉽기 때문이지요.
그러나 누구나 인디언 썸머를 경험하게 됩니다.

문득 이런 생각이 듭니다.
매일이 인디언 썸머라면?
그 방법을 알았습니다.
바로 욕심을 버리고 이웃과 사회와 함께 걸어가는 길이
지속 가능한 인디언 썸머라는 걸.

나도 한때는 날리는 해녀였었지.

나도 한창일 때는 어깨 힘 잔뜩 들었었지.

남보다 가득 찬 망사리.

다른 할망들보다 꼿꼿한 허리.

무거운 망사리도 거뜬히 옮기는 튼튼한 다리.

개선장군 마냥 자랑스레 들어가던 집 마당.

다 지나간 옛일.

그때가 그립다.

생애 재설계

모두들 은퇴 후, 인생 후반부의 삶을 걱정합니다.
이 바람을 이용해 공포 마케팅이 펼쳐집니다.
생애 재설계라는 용어도
은퇴 후를 대비하라는 의미에서 나왔습니다.

그런데 작금에 진행되는 생애 재설계 프로그램을 살펴보면
안타까운 생각이 듭니다.
모든 것이 개인에 집중돼 있습니다.
재테크, 포트폴리오 구성, 취미생활, 건강관리, 부부관계 등.

물론 다 중요합니다.
그러나 알맹이가 빠졌습니다.
가장 중요한 알맹이는 '함께'라는 개념입니다.
개인적 욕심을 줄이고 함께 가야 한다는 내용은 쏙 빠졌지 뭡니까.
기본은 팽개쳐지고 변죽만 울리는 것같아 안타깝습니다.

그대들에게 묻습니다.
개인의 욕심은 그대로 둔 채,
어떤 것이 그대를 만족시킬 수 있을까요?

숨이 멎어야 끝이다.

숨이 멎기 전에는 끝이 아니다.

내 숨비 소리가 멎기 전에는

내 물질은 계속된다.

나이 들면서 가져서는 안 될 소리, 꼰대

잔소리만 늘어놓고 지적질해 대는 어른을

꼰대라고 부른다지요.

나이 들어가며 들어서는 안 되는 말이 '꼰대'입니다.

감탄고토(甘呑苦吐)라는 한자성어가 있지요.

달면 삼키고 쓰면 뱉는다는 이 표현은

양약고구이어병(良藥苦口利於病), 충언역이이어행(忠言逆耳利於行)을

생각하게 합니다.

좋은 충고는 귀에 거슬립니다.

이 말을 곱씹어 보면

아무리 도움이 되는 소리라도

듣는 이의 입장에선 잔소리로 들리니

나이 든 사람을 지적이나 하는 꼰대라고 대하며

꺼리는 건 당연한 일이지요.

나이가 들면 입은 닫고 지갑만 열라는 우스갯소리가 있습니다.

'말로만 하지 말고 행동으로 베풀어라'로 받아들이면 어떨까요?

육지에 나가 막노동하는 아들이 지난 추석에 오질 않았다.

피붙이라고는 저와 나 둘뿐인데.

바쁘다는 말에 서운하긴 하지만 원망은 안 하련다.

바당이 물질 안 나가도

내게 서운하다고 안 하듯이.

내가 여기 있으니 언젠가는 오겠지.

그대 걱정하지 말아요

대부분의 사람들은 은퇴를 졸업쯤으로 여깁니다.

혹자는 인생 2막을 열심히 살았으니 이젠 쉬겠다고.

혹자는 퇴직을 당했으니 인생 끝이라고.

그런데 2~30년을 아무 일 안 하고 쉬겠다고요?

노는 것도 한두 번, 한때입니다.

매일 놀아 보십시오.

지겹습니다.

무기력에 빠져서 없던 병도 생깁니다.

은퇴 후엔 또 다른 일을 만들어야 합니다.

놀면서, 즐기면서, 봉사하면서, 돈 벌면서.

바로 발룬티코노미스트의 삶입니다.

그대 걱정하지 마십시오.

발룬티코노미스트의 삶이 기다리고 있습니다.

사나워진 바람,

차가워진 바다로

물질은 이제 힘들어졌다.

걱정하지 마라.

밭질이 있으니.

할 일이 없는 게 걱정이지,

일할 수 있는 건 행복이다.

삼인어행필유아사(三人有行必有我師)

선친께서 자주 들려주셨던 말입니다.

세 사람이 가면 그 중에 나의 스승이 되는 사람은

꼭 있기 마련이라는 뜻입니다.

내 선친께서는 이 세상에 꼭 있어야 할 사람,

있으나 마나 한 사람, 있어서는 안 될 사람이 있는데

세상이 필요한 사람이 되라는 가르침으로 활용하셨습니다.

인생의 후반부로 갈수록 쓰임새가 점점 줄어드는 게 사실입니다.

이 세상에서 할 일이 없다고 느끼는 데서 오는

박탈감은 우울증으로 발전하지요.

자신이 이 세상에서 필요한 사람이라는 인식이 필요합니다.

나이 들어가며 있으나 마나 한 사람,

있어서는 안 될 사람이 되겠습니까?

아직도 필요한 사람으로 인식되겠습니까?

먼저 베풀면 돌아온다는 사실을 알게 된다면

당신은 여전히 세상이 필요로 하는,

소중한 존재입니다.

나는 야 아직도 소중한 존재.

나이 들어 비록 물질은 끝냈지만

애기 해녀 키우는 선생이 됐다우.

글을 마치며

'가르치려고 들지 말자. 자신이 살아 온 궤적만으로 교훈을 남기자.'

이런 다짐으로 생활해 왔는데, 결국 이 책이 뭔가 가르치려는 듯 흐른 것 같아 아쉽습니다. 그럼에도 불구하고 책을 내게 된 이유는 짧다면 짧고, 길다면 긴 삶을 살아오며 한때는 계곡을 헤매기도 했고 한 때는 나름 정상에 서 봤었다는, 경험해 볼 것은 다 해봤다는(좋은 일이건 나쁜 일이건) 일종의 자만감으로 이 책을 쓰게 되었음을 고백합니다.

그러나 이 책을 마치며 나의 바람을 아울러 밝힙니다.

살아 온 날들로 얘기하지 말고

살아 갈 날들로 얘기하게 되기를.

무엇을 어떻게 했다를 자랑하지 말고

앞으로 무엇을 왜 해야 하는지를 말하는 사람이 되기를.

지나 온 날들로 또 다른 나만의 세계를 꿈꾸지 말고

앞으로의 날들을 함께 살아 갈 얘기들로 채우는 삶이 되기를.

내 앞에는 아직도 가지 않은 길이 있습니다. 그렇기에 지난날의 내 경험과 족적만으로 삶을 다 규명했다고 할 수는 없습니다. 앞으로의 삶이 또 뒤죽박죽, 좌충우돌의 삶이 되겠지요.

그러나 한 가지 분명한 것은 충분히, 행복하게 헤쳐 나갈거라는 확신이 있다는 점입니다. 내게는 바로 '욕심을 내려놓고 함께'라는 친구가 동행하니까요.

이 책의 글 중 혹 잘못됐다고 여겨지는 것이나, 혹은 '나는 아니다'라는 회의가 드는 내용이 있다면 반면교사의 지혜를 발휘하시기 바랍니다. 혹은 '삼인어행필유아사'의 혜안을 가지시기 바랍니다.

일개 필부의 글을 끝까지 읽어주신 독자 여러분께 감사드리며 예전에 방송 프로그램인 〈싱어게인〉에서 무명 가수였던(지금은 유명 가수가 됨) 이무진이 한 인터뷰에서 말했던, "자신 없습니다. 그러나 솔직히 우승하고 싶습니다"를 패러디해 여러분께 드립니다.

"솔직히 여러분의 앞날이 어떻고, 어때야 행복하다고 확신 드릴 순 없습니다. 그러나 과거의 욕심에서 벗어나 '함께' 간다면 어떤 두려움도 극복할 수 있을 것입니다."

감사합니다.

제주 해녀의 푸르른 삶을 그리다

발룬티코노미스트

초판 1쇄 인쇄 2024년 5월 2일
초판 1쇄 발행 2024년 5월 20일

지은이   한익종

펴낸이   정경민
펴낸곳   여성경제신문
출판등록   2024년 3월 27일(제2024-000030호)
주소   서울 용산구 새창로 221-19 (우편번호 04376)
전화   02-799-9124
팩스   02-799-9334
이메일   ourcye@seoulmedia.co.kr

ISBN 979-11-987421-0-0 (03810)